越來越愛你

文‧圖／艾瑪‧達德 Emma Dodd

翻譯／李貞慧

我愛你的每一處，
你的眼睛、耳朵和鼻子。

我愛你的每一處，
從你的頭
到你的腳趾。

我愛你的翻滾、
跳躍和碰撞，
你的坐不住
和你的扭來扭去。

我ㄨˇ愛ㄞˋ你ㄋㄧˇ的ㄉㄜ˙微ㄨㄟˊ笑ㄒㄧㄠˋ，
我ㄨˇ愛ㄞˋ你ㄋㄧˇ的ㄉㄜ˙皺ㄓㄡˋ眉ㄇㄟˊ、
我ㄨˇ愛ㄞˋ你ㄋㄧˇ的ㄉㄜ˙悄ㄑㄧㄠˇ悄ㄑㄧㄠˇ話ㄏㄨㄚˋ，
也ㄧㄝˇ愛ㄞˋ你ㄋㄧˇ的ㄉㄜ˙咯ㄍㄜ咯ㄍㄜ笑ㄒㄧㄠˋ。

我ㄨㄛˇ愛ㄞˋ你ㄋㄧˇ的ㄉㄜ捉ㄓㄨㄛ迷ㄇㄧˊ藏ㄘㄤˊ遊ㄧㄡˊ戲ㄒㄧˋ……

你ㄋㄧˇ的ㄉㄜ˙一ㄧˋ團ㄊㄨㄢˊ亂ㄌㄨㄢˋ和ㄏㄢˋ
你ㄋㄧˇ的ㄉㄜ˙糊ㄏㄨˊ里ㄌㄧˇ糊ㄏㄨˊ塗ㄊㄨˊ。

我最愛你的睡前時光——
有親吻和擁抱。

你ㄋㄧ玩ㄨㄢ得ㄉㄜ開ㄎㄞ心ㄒㄧㄣ時ㄕ，我ㄨㄛ愛ㄞ你ㄋㄧ……

偶ㄡˇ爾ㄦˇ你ㄋㄧˇ感ㄍㄢˇ到ㄉㄠˋ悲ㄅㄟ傷ㄕㄤ，我ㄨㄛˇ也ㄧㄝˇ愛ㄞˋ你ㄋㄧˇ。

當你善良美好，我愛你……
就算你表現不好，我也愛你。

是ㄕ的ㄉㄜ，我ㄨㄛˇ愛ㄞˋ你ㄋㄧˇ的ㄉㄜ每ㄇㄟˇ一ㄧˋ處ㄔㄨˋ，
而ㄦˊ且ㄑㄧㄝˇ我ㄨㄛˇ非ㄈㄟ常ㄔㄤˊ肯ㄎㄣˇ定ㄉㄧㄥˋ……

隨著日子一天天過去……

我ㄨㄛˇ越ㄩㄝˋ來ㄌㄞˊ越ㄩㄝˋ愛ㄞˋ你ㄋㄧˇ！

文・圖／艾瑪・達德　翻譯／李貞慧

副主編／胡琇雅　行銷企畫／倪瑞廷　美術編輯／蘇怡方

董事長／趙政岷　第五編輯部總監／梁芳春

出版者／時報文化出版企業股份有限公司

108019台北市和平西路三段240號七樓

發行專線／（02）2306-6842

讀者服務專線／0800-231-705 、 （02）2304-7103

讀者服務傳真／ （02）2304-6858

郵撥／1934-4724時報文化出版公司

信箱／10899臺北華江橋郵局第99信箱

統一編號／01405937

copyright © 2021 by China Times Publishing Company

時報悅讀網／www.readingtimes.com.tw

法律顧問／理律法律事務所　陳長文律師、李念祖律師

Printed in Taiwan

初版一刷／2021年01月08日

初版三刷／2021年09月16日

採環保大豆油墨印製

You...

First published in the UK in 2010 by Templar Books,

an imprint of Bonnier Books UK,

The Plaza, 535 King's Road, London, SW10 0SZ

www.templarco.co.uk

www.bonnierbooks.co.uk